LES ENQUÊTES D'ANATOLE BRISTOL

Chiens, chats et sabotages

En mémoire d'Archange.

À Isabelle et Virginie, grandes amies des animaux.

S.L.

24-32 rue des Amandiers, 75020 Paris - France

Correction : Catherine Rigal
Mise en pages : Valentine Touzet

Loi n° 49-956 du 16 juillet 1949 sur les publications destinées à la jeunesse, modifiée par la loi n° 2011-525 du 17 mai 2011.
Dépôt légal : mai 2023.
Imprimé en Serbie. Printed in Serbia.

MIXTE
Papier
FSC FSC® C117682

LES ENQUÊTES D'ANATOLE BRISTOL

Chiens, chats et sabotages

Écrit par Sophie Laroche

Illustrations intérieures par Gloria Yu dans le style de Carine Hinder

Couverture illustrée par Carine Hinder

AUZOU ÉCLAIR

1. Coup de foudre ou coup de tonnerre ?

— Papaaaa, pourquoi tu démarres pas ?

Hé, Philo, parce que le feu est toujours rouge, tiens ! Ça y est, la voiture repart. Encore un virage et nous voilà à destination !

— Ce sera mon meilleur ami pour la vie ! Ou MA meilleure amie ! lâche celle dont je suis jusqu'à nouvel ordre le meilleur ami.

Je devrais bouillir de jalousie, non ? Pourtant, ce n'est pas le cas : je ne me sens pas en rivalité avec les amis... qui aboient ou ronronnent. Eh oui, Philo va adopter un chien dans le refuge pour animaux de la ville. J'avoue, j'ai hâte aussi : j'ai la chance d'avoir déjà une petite chienne Jack Russell, Iona[1], et ce n'est que du bonheur (même quand elle engloutit en douce mes tartines !). Qui va piquer le goûter de Philo ?

À peine descendus de la voiture, une odeur pestilentielle nous saisit.

— Ça pue ! commente le grand frère de Philo, en se pinçant le nez.

— Perceval, ton langage ! s'exclame Bruno, son père... en se pinçant le nez aussi.

Cette puanteur chatouille mes réflexes d'enquêteur : c'est bizarre, non ? Seule Philo, centrée sur sa mission, ne semble pas incommodée.

— Comment je vais savoir si je choisis le bon chien ?

1 Iona qui m'a bien aidé à démasquer des voleurs dans *Voler n'est pas jouer !*

— Je te comprends, ironise Perceval. Moi, je me suis sûrement trompé de petite sœur à la maternité !

— Écoute ton cœur, ma chérie, il te mènera à l'animal parfait pour toi, suggère leur mère.

— En tout cas, suis pas ton nez ! je lâche.

Et Perceval me fait un check. Nous pénétrons dans le bâtiment. OUF ! L'odeur y est supportable. Dans un bureau vitré, une dame est en pleine discussion avec deux messieurs. Apparemment, ils ne parlent pas de vidéos de chatons tout mignons : les deux hommes ont l'air très en colère. Qu'est-ce qui se passe ? Dommage que je n'entende pas : j'accompagne Philo qui vient choisir son chien, mais cela ne m'empêche pas de mener une enquête !

— Bienvenue au refuge ! Je suis Isabelle, et je suis bénévole ici.

Cette dame âgée au look hippie qui nous accueille m'intrigue : elle a quand même un oiseau posé sur son épaule !

— Lui, c'est Archange, pigeon voyageur ! nous annonce-t-elle. Il a décidé de prendre sa retraite sur mon épaule.

Elle désigne ensuite le bureau.

— Là, dans le bocal, c'est Virginie, notre directrice, et... deux spécimens qui ne sont pas à adopter, plaisante-t-elle. Venez, je vais vous présenter les autres animaux.

Elle est cool !

Oh là ! Il y a beaucoup de pensionnaires : des grands, des petits, des poils longs, des poils courts, certains jappent, d'autres sommeillent. Ils sont tous plus craquants les uns que les autres. Seule exception : le chien devant lequel s'est arrêtée Philo. Je sais qu'il ne faut pas juger les gens, et encore moins les animaux, sur leur physique, mais là, quand même, qu'est-ce qu'il est moche ! Ça fait mal aux yeux ! Ma meilleure amie jubile.

Précision : elle a décidé de choisir l'animal qui aura l'air le plus malheureux et le plus moche pour le rendre très heureux (il sera toujours aussi moche mais, ça elle s'en moque, parce que la beauté extérieure ne compte pas à ses yeux).

Le chien s'appelle Anar, il est âgé de dix ans. Ce qui, en âge chien, fait soixante-dix ans (si on multiplie vraiment l'âge par sept, aucun chien n'a jamais pu confirmer que ce calcul était correct).

— C'est lui, c'est certain ! C'est le chien de ma vie ! s'exclame mon amie.

Ses parents échangent un regard amusé.

— T'es sûre ? Tu veux pas vérifier s'il n'y a pas plus vieux et plus moche ? la charrie Perceval.

Entre nous, je ne craque pas sur ce vieux toutou, mais il y a longtemps que je ne cherche plus à comprendre Philo. Et cet Anar est rigolo. Il bat de la queue tout en léchant les doigts qu'elle a glissés à travers la grille : le coup de foudre est réciproque ! Isabelle, toujours accompagnée de son pigeon, valide notre choix.

— C'est un bon pépère, confirme-t-elle.

J'ai l'impression qu'elle connaît bien tous les animaux. Elle doit passer beaucoup de temps ici.

— Allons nous occuper de la paperasse ! enchaîne-t-elle.

À notre retour dans le hall, les deux hommes sont partis. La directrice est en plein remplissage de papiers avec une vieille dame quand nous la rejoignons.

— Hé hé, deux adoptions déjà aujourd'hui, c'est super ! se réjouit Isabelle.

C'est en effet une bonne nouvelle. Jusqu'au moment où Virginie annonce à la vieille dame :

— Et voilà, notre Anar est à vous !

Quoi ? Il y a vraiment deux personnes qui souhaitent repartir avec ce chien-là, quand il y a dans ce refuge tant d'animaux jeunes et dynamiques ? Philo a beau supplier, la vieille dame ne cède pas : elle veut Anar.

— Sa tête me rappelle celle de Philippe, mon défunt mari, se justifie-t-elle.

Et zoup ! le chien est adopté sous le nez de Philo. Tandis que la vieille dame remplit un chèque pour payer les frais d'adoption, Virginie interpelle un jeune d'une quinzaine d'années :

— Solal, tu peux aller chercher Anar, s'il te plaît ?

— Je vais l'installer directement dans votre voiture, propose-t-il.

Virginie lui sourit.

— Solal est le nouveau bénévole de l'équipe, il est très motivé ! annonce-t-elle. Il vient aussi souvent qu'il peut.

Visiblement, la vieille dame est moins admirative. Elle lui tend ses clés :

— Si vous me piquez un chewing-gum, je m'en rendrai compte, prévient-elle.

Solal hausse les épaules et va chercher Anar.

La nouvelle « adoptante » sort du bureau, très fière de son geste généreux. Philo est déçue, je le vois et ça m'attriste. Pas longtemps ! La vieille dame pénètre de nouveau dans le hall.

— Reprenez-moi cette sale bête ! s'énerve-t-elle. Elle a uriné partout dans ma voiture ! Elle est fichue !

— Un chien, ça pisse et ça chie, commente Solal. Sinon, ça s'appelle une peluche ou un bibelot.

Puis il part récupérer Anar dans la voiture. Philo, Perceval et moi, nous retenons difficilement notre envie de rire.

— Je vous préviens : je vais mettre un avis très négatif sur Gogole ! s'égosille la vieille dame en sortant. Vous allez voir ce que vous allez voir !

Cette fois, on éclate de rire.

— Désolé si vous ne pouvez pas sentir Anar, se moque Perceval, sous la molle réprobation d'Isabelle.

La directrice ne partage pas cette bonne humeur.

— Je vais m'expliquer avec Solal, il ne peut pas s'adresser comme ça aux gens !

Dis donc, on peut se faire disputer même quand on est bénévole ? C'est pas rigolo ! Mais voilà que Virginie réveille ma curiosité :

— Avec tous les soucis qu'on a déjà en ce moment, on n'a pas besoin d'avis négatifs en plus…, poursuit-elle.

— Qu'est-ce qui vous arrive ? questionne Bruno, compatissant.

— Nous avons une canalisation percée, les eaux usagées sont remontées dans la cour. Les deux hommes dans mon bureau tout à l'heure, c'était une délégation des voisins : ils ont signé une pétition car le refuge sent très mauvais, et ils vont la porter au maire.

Elle lâche un soupir avant d'ajouter :

— J'imagine que vous ne voulez plus d'Anar ?

— Oh, si ! s'exclame Philo. Moi, je veux vraiment l'adopter.

Je comprends à leur tête que ses parents craignent pour leur voiture.

— Tu sais, il y a plein d'autres chiens très mignons…, commence en effet Bruno avant de se reprendre : Enfin, je veux dire très moches aussi et très malheureux sûrement.

Philo coupe court à toute discussion :

— Ce sera Anar. Je ne repartirai pas sans lui.

Bruno et Léa soupirent, les autres sourient. À cet instant, Solal revient avec le chien, qui semble très heureux de retrouver Philo. Très vite, il s'assoit et se gratte avec force de la patte arrière. Isabelle et Virginie échangent un discret regard suspicieux. Il ne m'a pas échappé : qu'est-ce qui les dérange ? Solal s'agenouille et observe le pelage de l'animal.

— Anar est plein de puces, annonce-t-il.

À cette simple évocation, Bruno, Léa, Perceval et moi, on se met à se gratter compulsivement.

— Quelle journée pourrie ! commente Virginie avant de se ressaisir : On va lui donner un traitement, et je vous propose de revenir le chercher samedi prochain.

Elle pose une main sur l'épaule de Philo :

— Promis, on te le garde !

Résignée, elle accepte. Moi, je suis à la fois déçu pour mon amie et content : samedi prochain, je verrai bien si ce refuge est toujours aussi agité !

2. La puce à l'oreille ?

Philo a dû prononcer plus d'un milliard de fois le nom de son chien cette semaine. Alors oui, j'ai vraiment hâte qu'elle l'adopte ! Le refuge sera-t-il plus calme ce matin ? Impossible de parler de tout ça à Philo : elle n'a qu'Anar en tête !

À peine sur place, j'ai ma réponse. Mon attention est attirée par le véhicule très mal garé sur le parking : c'est une voiture de police, mes futurs collègues ! Que font-ils là ? J'espère qu'il n'est rien arrivé à la chouette équipe du refuge : je voulais du mystère, mais pas du mystère… grave !

Intrigué par cette présence policière, je laisse Philo filer vers Anar, et je reste, l'air de rien, dans le hall du refuge.

Virginie est en pleine discussion avec deux agents et, apparement, ils ne viennent pas chercher un animal pour leurs équipes : ça chauffe !

Solal ne manque pas une miette de la conversation, et j'ouvre aussi grand les oreilles.

— Vous ne pouvez pas me dire qui vous a appelés ? demande Virginie et, à son ton, je comprends que ce n'est pas la première fois qu'elle pose la question.

Visiblement, la réponse ne change pas :

— Des voisins… plusieurs voisins. Vos chiens aboient trop, ça réveille les bébés.

— Et est-ce que je vous appelle, moi, quand les pleurs des bébés réveillent les chiens du refuge ?

Tiens, Virginie fait preuve d'une mauvaise foi que je ne soupçonnais pas !

— Le refuge était là AVANT les habitants de la nouvelle résidence, rappelle-t-elle. Sans parler des travaux de l'immeuble en construction au bout de la rue : les pelleteuses sont en action toute la journée. L'une d'elles a carrément percé ma canalisation et nous a plongés dans la puanteur deux jours entiers.

Alors, c'est de là que venait l'odeur ! Ce serait un accident ? J'aurais dû amener mes fiches bristol… Virginie accuse :

— Allez donc arrêter ces pelleteuses, plutôt !

Eh bien, quand elle défend ses animaux, elle ne rigole pas ! Les policiers non plus.

— Les chiens ont encore hurlé dans la nuit, ce n'est pas acceptable.

Tiens, auraient-ils senti un voleur ? Virginie baisse la garde.

— L'alarme s'est à nouveau déclenchée sans raison, c'est pour ça que les chiens ont aboyé.

Non, pas de cambrioleur, cette fois. La directrice tente d'attendrir les deux hommes en uniforme :

— Ça leur fend les tympans !

Aucune compassion dans le regard des deux policiers. Virginie poursuit :

— Je suis venue sur place la couper et ça a pris du temps. Ça ne se reproduira plus.

Cette fois, la réponse satisfait les agents, même s'ils tentent de ne pas le montrer. *Poker faces !* J'aimerais leur poser mille questions, savoir s'il y a des criminels dangereux en fuite dans notre ville actuellement, s'ils ont déjà trouvé un sac plein de billets dans un coffre de voiture… et s'ils trouvent que c'est normal, toute cette agitation au refuge. Mais ils partent avant que j'aie le temps de les aborder. Finalement, ça tombe bien, je crois que je n'aurais pas eu le courage. Virginie regarde la voiture démarrer (en trombe !).

— Je ne sais plus quoi faire, soupire-t-elle. J'ai fait vérifier l'alarme plusieurs fois, on me répète que c'est bon, mais elle se déclenche quand même.

— T'as qu'à ne plus la mettre, suggère Solal. Après tout, qui viendrait voler des animaux qui ont été abandonnés ?

Son argument tient la route. La directrice hésite.

— T'as raison, je vais faire ça le temps de changer de réparateur, lâche-t-elle.

Est-ce que ça réglera le problème ? Affaire à suivre ! Mais je ne suis pas venu (seulement !) pour enquêter, alors je retrouve Philo dans le box d'Anar. Elle est assise dans son panier, le chien couché contre elle. Espérons qu'il n'a plus de puces !

— On va chercher ma mère, m'annonce-t-elle. Elle doit remplir les papiers.

Léa est en admiration devant une portée de chatons tout juste arrivés. Et tout mignons !

— Adoptes-en un ! suggère Philo. Virginie t'attend pour le dossier, elle peut en préparer deux.

— C'est un choix qui se réfléchit ! répond Léa. Même si je suis très tentée, on prend pas un chaton comme on achète une nouvelle paire de bottes.

C'est juste ! On file vers le box d'Anar. Philo ne court plus, elle vole ! Hélas, une mauvaise surprise nous attend : Anar n'est plus là. La porte est entrouverte…

— C'est sûrement Solal ou Isabelle qui sont déjà venus le chercher, je rassure Philo.

Isabelle nettoie un box à quelques mètres de là. (Dis donc, ce n'est pas toujours rigolo d'être bénévole !) Non, elle n'a pas sorti Anar… Solal est plus long à trouver : il s'amuse dans l'enclos avec les chiens en récréation. (C'est déjà plus amusant comme mission !) Anar n'est pas avec lui.

— Tu as dû mal fermer la porte, reproche-t-il à Philo qui lui livre le récit de la disparition.

Oh le malheureux, il ne la connaît pas ! Solal essuie une pluie… une averse… une tempête… une tornade de protestations !

— OK, OK, t'avais bien fermé, concède-t-il, avant d'ajouter avec un clin d'œil : C'est sûrement Anar qui a ouvert tout seul. On va le chercher.

Philo accepte la plaisanterie : c'est vrai qu'elle s'est un peu (trop) énervée… Solal, elle et moi nous répartissons le refuge. Je n'avais pas réalisé qu'il y avait tant d'animaux ! Il y a même deux chèvres, des poules, un iguane, un perroquet et un lama. J'ai un peu mal au cœur quand je m'arrête devant le box de chaque chien pour vérifier qu'Anar n'y est pas. Tous me regardent avec des yeux suppliants : « Prends-moi », semblent-ils me dire. Heureusement que je sais qu'ils sont très bien traités ici, en attendant de trouver un foyer. Je comprends mieux pourquoi Isabelle et Solal aiment s'occuper d'eux : ils leur apportent du bonheur. Je retrouve Philo et Solal là où nous nous étions quittés. Eux aussi sont bredouilles.

— On y retourne ! je propose.

— Merci, me murmure Philo.

Cette fois, je change de stratégie : je ne cherche plus Anar là où se trouvent les animaux, mais dans tous les lieux où ils ne sont pas supposés être. Et ma méthode fonctionne !

J'avoue, je suis bien aidé par Archange : posé sur le grand container de poubelle,

le pigeon roucoule avec insistance. Je soulève le lourd couvercle. Anar est là, paisiblement blotti. Ce chien doit avoir perdu tout flair pour survivre dans un endroit qui sent aussi mauvais ! Philo me tombe dans les bras quand j'arrive dans le hall avec lui.

— Il était où ? me demande-t-elle.

— Dans la poubelle.

— Qui l'a mis là ? s'offusque-t-elle.

Elle a raison : même s'il est très futé (ce dont je ne doute pas, je tiens à ma peau !), Anar n'a pas pu escalader le container de plus d'un mètre de haut, soulever le couvercle, se faufiler, refermer, hop, ni vu ni connu ! C'est louche…

La mère de Philo, très contente qu'Anar ait été retrouvé, regarde quand même d'un mauvais œil son pelage sali. Ça n'échappe pas à Solal.

— Je vais aller le brosser un coup pendant que vous finissez les papiers, propose-t-il.

— Je peux le faire ! s'emballe Philo.

— Solal va l'emmener en salle de soins, le public n'y est pas admis, intervient Virginie.

Philo oublie vite sa frustration. Les papiers sont quasiment remplis quand elle reparle du chaton.

— Je vais y réfléchir, modère Léa. C'est vrai que je suis tentée... Il faut qu'Anar s'entende avec lui !

— En général, avec un chaton, ça se passe bien, la rassure Virginie, avant de préciser : Mais vous avez raison de ne pas le prendre sur un coup de tête... ou de cœur !

Ah ah, ça turbine dans la tête de Léa ! Mais sa réflexion s'interrompt brutalement : un grand cri retentit du fond du couloir. Que se passe-t-il ? Virginie et Isabelle se précipitent, notre trio collé aux semelles. Nous retrouvons Solal, une main posée sur son autre bras, le regard ébahi :

— C'est Anar, lâche-t-il dans un souffle. Il m'a mordu.

Puis il relève la manche de son sweat-shirt. Non seulement on aperçoit bien la marque rouge, mais quelques gouttes de sang ont coulé. Le pauvre !

— Je ne sais pas ce qui s'est passé, raconte le jeune bénévole. Tout allait bien, il était cool, et tout à coup… schlak ! il m'a mordu.

— Est-ce que tu brossais fort ? essaie de comprendre Virginie.

— Non, pas du tout ! se défend Solal.

Un détail me titille, mais je ne saisis pas quoi exactement… Le visage fermé, Virginie se tourne vers nous :

— Nous allons devoir ajourner l'adoption. Je ne peux pas laisser partir un chien qui vient de mordre.

— Oh, non !! s'écrie Philo. Je vous en supplie !

Silence... Virginie s'approche de mon amie et pose une main sur son épaule.

— Anar n'a jamais fait ça avant, nous devons comprendre ce qui ne va pas avec lui, lui explique-t-elle. Nous voulons te protéger, toi et ta famille, mais c'est aussi pour son bien. Imagine que ça se passe mal : Anar serait content chez toi, mais vous seriez obligés de le ramener. Même s'il est très bien traité ici, ce serait une grosse déception. Il est préférable d'attendre encore un peu, d'observer son comportement. Je suis certaine que cela ne se reproduira plus et que tu pourras l'emmener.

— Quand ? s'inquiète Philo. Demain ?

Elle exagère : c'est fermé, le dimanche !

— Non, pas demain, modère Virginie. Nous allons attendre l'avis du vétérinaire.

— Et toi, tu prends un chaton maintenant ? demande Philo, déçue, à sa mère.

— Je vais attendre, déclare Léa. Il arrivera à la maison en même temps que ton Anar.

— Super idée !

Moi, je me dis que l'adoption a déjà été reportée deux fois. Jamais deux sans trois, qu'est-ce qui nous attend la prochaine fois ? Un mystère… de plus ?

3. Nuit… portes ouvertes !

Enfin samedi ! Je ne sais pas comment Philo a survécu à cette semaine. Je ne sais pas non plus comment j'ai survécu : avant, elle ne parlait déjà que de son chien, maintenant, en plus, elle s'inquiète pour lui.

J'accompagne de nouveau mon amie au refuge. Anatole-tout-court veut partager avec elle ce moment important, et Anatole Bristol veut découvrir ce qui lui a paru étrange la dernière fois !

Une grande agitation règne au refuge ce matin. Décidément…

— Ah, contente de vous voir ! s'exclame Isabelle. On a besoin de renfort.

Elle nous résume les faits : le refuge a été visité dans la nuit, tous les animaux ont été relâchés et se baladent en liberté dans le quartier. Ça alors, un cambriolage maintenant ! Trois fois que je viens dans ce refuge, trois fois qu'il y a un problème. Soit cet endroit est maudit, genre il a été construit sur un cimetière de sorcières, soit c'est un vrai terrain

de jeu pour un futur enquêteur. J'opte pour la seconde proposition.

— Rien n'a été volé, ni les ordis, ni le matériel, poursuit Isabelle, mais il faut vite récupérer nos pensionnaires. J'ai appelé en urgence tous les employés et les bénévoles.

Encore plus surprenant ! Pourquoi pénétrer par effraction dans le refuge si c'est pour ne rien voler ? J'aimerais vraiment creuser le sujet, mais on a besoin de moi. Je me mets aussi tôt en quête des fugitifs à poils, tout en gardant les yeux et les oreilles grands ouverts. C'est ainsi que je capte une conversation houleuse entre Virginie et Solal…

— Dis pas que t'y es pour rien ! s'énerve la directrice. Tu me suggères de ne pas mettre l'alarme et, comme par hasard, la semaine suivante, le refuge est visité !

— Comment t'oses m'accuser ? s'offusque Solal.

Je comprends qu'il soit énervé : il pourrait passer son temps libre sur un terrain de foot ou devant des jeux vidéo, il vient aider et on lui fait des reproches ! Mais son indignation n'émeut pas Virginie.

— Ça n'était jamais arrivé auparavant. Celui qui a fait le coup a forcément entendu notre conversation et a su que l'alarme serait coupée. Or il n'y avait que toi et moi.

Faux : j'étais là aussi. Mais je me garde bien de le préciser. Virginie vient d'instiller un doute en moi… Furieux, Solal s'éloigne. Je pars à la recherche de Philo et lui répète ce que je viens d'entendre.

— Je ne crois pas que Solal soit coupable, commente-t-elle. Il aime les animaux, c'est sûr. Il ne leur ferait courir aucun danger.

Moins persuadé de son innocence, je range le dossier dans un coin de ma tête. Certains voisins sont venus aider spontanément quand ils ont entendu parler du problème. D'autres trouvent encore le moyen de râler. Un monsieur a moyennement apprécié de retrouver un chien dans le bain chaud qu'il venait de se faire couler, il a débarqué au refuge avec juste une serviette autour de la taille ! Une dame hurle dans

le hall d'entrée : une chèvre a pris possession de son salon, elle broute son bouquet de roses, et elle a peur de la mettre dehors.

Mais il y a aussi de bonnes surprises.

Un jeune homme ébouriffé arrive avec une chatte blottie dans les bras.

— Elle était roulée en boule dans mon lave-linge. Heureusement que je l'ai vue avant de fermer le hublot ! Je voudrais l'adopter.

Et c'est réciproque : la boule de poils ronronne dans ses bras ! En tout, cinq familles ont décidé de garder les chats qui avaient pris leurs quartiers dans leurs appartements, et deux chiens ont aussi trouvé un foyer.

— Tout le monde a été récupéré, annonce Virginie avant de se tourner vers Philo : Le vétérinaire a demandé à ce qu'Anar reste un mois. S'il ne mord pas, tu pourras partir avec lui.

Mon amie est très déçue.

— Voilà ma proposition, reprend Virginie. Tant qu'Anar doit rester, viens le voir quand tu veux.

La directrice capte le regard inquiet de Léa.

— Avec l'un de nous, au moins au début, ajoute-t-elle. Et puis tu pourrais nous donner un coup de main, balader aussi les autres chiens, t'occuper des chats, qu'en penses-tu ? Tu serais bénévole toi aussi.

— Ça devrait te faire plaisir ! je commente.

Philo adore rendre service. Si, en plus, elle voit son chien… En effet, cette proposition l'emballe.

— Je pourrais venir le mercredi et le samedi. C'est d'accord, maman ? demande-t-elle.

— Oui !

— Tu viendras aussi, Anatole ?

— Euh… faut que je réfléchisse.

J'aime les animaux, c'est vrai, mais je préfère consacrer mon temps libre aux enquêtes ! Tandis que nous rejoignons la voiture, nous croisons Solal.

Son visage est toujours fermé par la colère, mais ce n'est pas ce détail qui retient mon attention : il porte le même sweat-shirt que samedi dernier. Et ce vêtement ne porte aucune trace de déchirures, malgré la morsure d'Anar. C'est ce point qui m'a titillé il y a huit jours déjà…

***

Le jeudi suivant, j'attends Philo devant l'école : je veux savoir comment s'est passée sa visite au refuge. Y a-t-il eu une nouvelle catastrophe ? Non, m'annonce mon amie, et pourtant, elle ne semble pas enthousiaste. Alors j'insiste :

— Raconte !

— Je suis contente et déçue à la fois, commence-t-elle. Ça s'est très bien passé avec Anar et les autres animaux, mais Solal a été très désagréable avec moi pendant les deux heures. Il n'a pas arrêté de me répéter que je ne savais pas m'occuper des animaux.

Solal… comme par hasard !

— Bah, laisse tomber ! je la rassure. C'est Anar que tu veux adopter, pas lui.

Philo éclate de rire.

Moi, je décide cette fois de faire une fiche bristol sur le refuge. Le soir venu, je mets tout par écrit :

1) ANAR ET TOUT CE QUE JE SAIS SUR LUI : IL A FAILLI ÊTRE ADOPTÉ À PLUSIEURS REPRISES MAIS ÇA A ÉCHOUÉ À CHAQUE FOIS. QUELQU'UN L'A MIS À LA POUBELLE ! C'EST UN ANIMAL TRÈS GENTIL, ET POURTANT IL A MORDU SOLAL.

2) LA SITUATION AU REFUGE : LES PROBLÈMES D'ALARME ET D'ÉVACUATION D'EAU, LES PLAINTES DES VOISINS, LES ANIMAUX RELÂCHÉS LA NUIT, L'ATTITUDE DE SOLAL.

Je n'ai pas la réponse à tout, mais j'ai quand même une intuition… et un plan.

ÉNIGME DU
REFUGE ?

4. Des chats malades... comme des chiens ?

Ce samedi après-midi, me voilà finalement de retour au refuge ! Seulement cette fois, j'arrive seul. Je fais semblant de m'intéresser aux chiens, je regarde les chats jouer. Philo passe à côté de moi sans même me regarder ou s'arrêter.

Hé hé... parfait !

Je poursuis mon tour et j'assiste à une scène étonnante : Anar fait la fête à Solal. Et alors, me direz-vous, on sait que ce chien est gentil depuis le début. C'est vrai. Mais Solal se laisse lécher le visage. Qui se laisserait léchouiller par un chien qui l'a mordu ? Pas moi, en tout cas…

Je passe devant lui sans croiser son regard. Dans le hall, Virginie est en pleine conversation avec le réparateur de l'alarme. Elle a remis l'installation en marche et, dès la nuit suivante, le système s'est réenclenché. Je me sers un gobelet d'eau à la fontaine pour écouter leur discussion le plus discrètement possible.

— Quelqu'un a piraté le système, diagnostique le technicien. Quelqu'un qui le connaît bien… Il se connecte et déclenche les sirènes.

— Qui joue à ça ? s'insurge la directrice. C'est vraiment pas drôle ! La police est repassée deux fois. Certains voisins font circuler une pétition. Ils demandent notre déménagement, cette fois !

Elle soupire :

— Tout va de travers dans ce refuge…

J'ai de la peine pour elle et toute son équipe. Et encore plus de motivation pour mener à bien mon enquête ! Je me remets en route… Anar est enfin seul dans son box, j'en profite. Je lui caresse le museau à travers la grille.

— CE CHIEN N'EST PAS À ADOPTER !

C'est Philo qui vient de me hurler dessus, avec tellement de force que j'en ai perdu l'équilibre. Elle tente de me chasser.

— Va voir ailleurs, y a plein d'autres chiens plus jeunes et plus beaux !

Ça alors, j'aurais dû l'enregistrer ! Mon amie ne m'a pas reconnu. Il est temps de lui révéler ma ruse : je suis déguisé en fille. J'ai même des cheveux longs, tressés sur les côtés grâce à Maya, ma petite sœur, qui m'a prêté sa perruque de princesse.

— Ana… ! s'exclame Philo.

— CHUT ! je la coupe.

Puis je lui murmure quelque chose à l'oreille. Elle me répond par un clin d'œil, et on se met à discuter à voix haute… et forte :

— C'est vraiment honteux, ces gens qui abandonnent leur chien pour en prendre un autre ou partir en vacances, je commence.

— Tu trouves ?

— Oui, ils mériteraient de se retrouver en cage eux aussi ! je poursuis. L'ancien maître d'Anar devrait être privé de sa liberté et de son confort, lui aussi.

Nous n'avons pas le temps d'en dire plus, Solal me tombe dessus :

— T'es qui pour juger ? ! s'énerve-t-il. Le maître de ce chien est en maison de retraite, il s'occupait beaucoup de lui, il le sortait tous les jours…

— Et comment tu sais ça ? je demande.

Solal ne me reconnaît pas.

— Il me l'a raconté ! s'énerve-t-il. Il était triste en l'abandonnant.

Oh là, il est vraiment en pétard ! Philo et moi décidons de ne pas pousser l'interrogatoire plus loin. On sort et on rejoint le grand enclos où les chiens sont lâchés en liberté.

— Y a un lien secret entre Solal et Anar, j'en suis certain ! je m'exclame.

Cette idée n'emballe pas Philo : Anar est SON chien…

— OK… Tu proposes quoi ?

— Il faudrait lire la fiche d'Anar, je suggère, une fois que je me suis assuré qu'aucune oreille ne traîne.

Aucune oreille humaine en tout cas : les chiens jappent autour de nous, ils veulent jouer. Alors on leur lance des balles pendant quelques minutes (comment résister !), puis on se dirige vers le bureau de la directrice. Incognito dans mon déguisement, je monte la garde tandis que Philo cherche la fiche d'entrée d'Anar dans l'immense meuble qui les abrite toutes. Je lui fais signe de se presser : par la baie vitrée, j'aperçois Virginie qui accueille un homme sur le parking. Philo sort du bureau juste avant qu'ils n'entrent dans le hall.

— Tous les chats sont malades, se lamente la directrice. C'est une véritable épidémie. Deux d'entre eux sont même entre la vie et la mort !

— Allons voir ça. J'ai ramené des antibiotiques, ça va aller, Virginie.

C'est le vétérinaire.

— Il a l'air gentil, commente Philo. Il se soucie des animaux.

Mon amie pense sans doute à Anar. À présent, elle accepte certainement mieux le délai imposé. Elle me tend la fiche qu'elle a prise.

— Il faudra la remettre ! panique-t-elle.

— Avant, on va la lire, je souris.

Ça alors ! Anar n'a pas été amené par un vieil homme, mais par une certaine Mme Padelain. Pourquoi Solal nous a-t-il menti ? Vite, Philo va replacer la fiche. J'enlève mon déguisement, et direction la chatterie et le mystère du jour ! Le vétérinaire injecte des médicaments à tous les chats. Mon amie propose d'apporter son aide.

— Reste à distance, lui suggère Virginie. On ne sait pas trop ce qu'ils ont.

Le vétérinaire livre un premier diagnostic :

— C'est peut-être une intoxication alimentaire.

— On n'a rien changé à leurs habitudes, assure Virginie.

— Alors, un empoisonnement par l'eau ? envisage le vétérinaire.

Un empoisonnement, il ne manquait vraiment plus que ça !

— Mais les chiens n'ont pas été malades, pourtant ils boivent la même eau !

Le vétérinaire affiche une grimace :

— Désolé, je dois faire un rapport. C'est peut-être un virus. Ce serait très contagieux. Il serait prudent de fermer le refuge.

Très mauvaise nouvelle !

— Je vais mettre les chats en quarantaine, promet Virginie. Mais ne ferme pas !

Philo et moi décidons d'intervenir. On supplie le vétérinaire de nous laisser un jour ou deux.

— On enquête, et on a une piste ! j'affirme, très sûr de moi.

Le vétérinaire semble aussi étonné par mon aplomb que par ma déclaration, mais il cède.

— Deux jours maximum, Virginie. Je repasse dès ce soir pour voir comment vont les chats. Si leur état s'est aggravé, je les hospitalise et on ferme le refuge.

— OK ! s'engage la directrice.

Une fois le vétérinaire parti, elle se tourne vers moi :

— C'est quoi cette histoire d'enquête et de piste ?

— Euh… C'est un demi-mensonge, je commence. On enquête vraiment, mais on n'a pas de piste…

— C'est donc une demi-vérité, rectifie Philo.

La directrice lâche un profond soupir, en souriant cette fois. Elle ne croit sans doute pas trop à notre duo d'enquêteurs. Mais elle est heureuse d'avoir gagné ces deux jours de sursis.

À nous de faire nos preuves !

5. On ne donnera pas notre langue au chat !

Nous voilà avec deux mystères à résoudre :

1) QUE SE PASSE-T-IL AU REFUGE EN CE MOMENT ?

2) QUE MANIGANCE SOLAL ?

Sur le premier mystère, soyons honnêtes : Philo et moi n'avons pas le moindre début de résolution. On se contente juste de mettre mes fiches bristol à jour.

— Le refuge accumule les soucis, dit Philo. Et maintenant, les animaux sont malades.

Et si ce n'était pas un hasard ?

— C'est comme si tout était fait pour que tout aille de travers…

Mon assistante acquiesce.

— Chaque fois ou presque, des voisins ont râlé, je souligne.

— Ou ont aidé, me rappelle Philo.

C'est vrai… Ça ne nous avance pas !

— Passons à l'autre mystère, je suggère. Solal est toujours mêlé aux problèmes avec Anar. C'est lui qui a amené le chien dans la voiture de la vieille dame, c'est lui qui a été mordu.

— Tu crois quand même pas que c'est lui qui l'a mis à la poubelle ?

— J'en sais rien… Il nous a aussi menti sur l'arrivée d'Anar. Et il n'en a absolument pas peur, alors qu'il prétend avoir été mordu. Son sweat n'a même pas été déchiré… Il est temps de parler à Solal, je conclus.

Ça tombe bien : il est seul dans l'enclos. Je fonce vers lui et j'attaque sans lui laisser le temps d'ouvrir la bouche :

— C'est une femme qui a amené Anar ici. Pourquoi t'as menti ?

— Et pourquoi tu t'es mordu tout seul ? tente Philo, abasourdie par ses propres paroles.

Solal nous regarde l'un, puis l'autre. Ça carbure à fond sous son crâne. On ne bouge pas, on ne le lâche pas du regard. Et ça marche : il passe aux aveux.

Celle-là, on ne l'avait pas vue venir…

— Anar est le chien de mon grand-père, explique-t-il. J'avais cinq ans quand mes grands-parents l'ont recueilli. C'était un chiot déjà très moche qui avait été abandonné dans leur poubelle. Mon grand-père est un anarchiste, il est très fier d'avoir participé aux manifestations de Mai 68, c'est pour cela qu'il a appelé son chien

Anar. Petit, je passais tous mes mercredis et la moitié des vacances chez mes grands-parents. Anar était mon meilleur pote !

À ces mots, Philo rougit. Solal poursuit :

— Ma grand-mère est morte il y a quatre ans. Et mon grand-père a été placé il y a deux mois dans une maison de retraite. Ces nases n'ont pas voulu d'Anar. Et ma mère a refusé de le prendre chez elle, sous prétexte qu'elle est asthmatique.

Solal serre les poings. Puis les desserre.

— Je refuse qu'Anar soit adopté. Dès que j'aurai dix-huit ans, je me barre de chez moi et je trouve un endroit pour vivre avec mon grand-père. J'ai bien l'intention de lui ramener son vieil Anar.

— C'est dans trois ans, je commente à voix basse.

Solal ne relève pas.

— Quand la vieille râleuse a voulu adopter Anar, j'ai aspergé sa voiture d'eau. J'ai juste fait un petit pipi en plus pour que ça paraisse plus vrai... L'autre jour, c'est moi qui l'ai caché dans la poubelle. Après... Je savais qu'Anar se gratte si on lui fait renifler du chocolat. Y a jamais eu de puces. Et enfin, je me suis mordu moi-même. Même que je me suis fait bien mal !

Quels aveux ! Son histoire me laisse sans voix. Philo, elle, se met en colère :

— Tu n'aurais pas pu me dire tout ça simplement dès le premier jour ?!

Solal n'en revient pas de se faire tirer les oreilles à ce point ! Mon amie s'adoucit :

— Je te promets que je te rendrai Anar si tu pars vivre avec ton grand-père. Mais, s'il te plaît, laisse-le être heureux chez moi en attendant.

Les yeux de Solal s'humidifient. Il accepte la proposition de Philo d'un mouvement de tête.

— Je crois que ce serait bien de tout raconter à Virginie, je lâche. Elle a beaucoup de soucis en ce moment, ça la rassurera de savoir que tu n'as pas été mordu.

— Et ça innocentera Anar ! ajoute Philo.

— Vous avez raison, j'y vais.

Ni Virginie, ni Isabelle, ni les autres ne reprochent à Solal

ses manigances. Ils auraient pu être plus déçus que ça : il s'est fait passer pour un bénévole juste pour régler ses problèmes !

— Ce n'est pas qu'on valide, bien sûr, explique Isabelle. Mais on peut comprendre.

Archange acquiesce d'un long roucoulement. Isabelle et Archange ont raison !

— Anar va être adopté, tranche Virginie. Quant à toi, Solal… j'aimerais que tu restes bénévole au refuge, si tu le veux bien.

— Oh, oui ! s'enthousiasme-t-il.

Ouf ! Solal aime vraiment son rôle de bénévole, il n'a pas juste fait semblant.

— Et tu pourras venir voir Anar à la maison tant que tu veux ! ajoute Philo.

Un voile de tristesse traverse le visage de notre nouvel ami. Virginie renchérit :

— Anatole et Philo, pourquoi vous ne continueriez pas à venir nous aider, vous aussi ?

Tu amènerais Anar, ajoute-t-elle avec un grand clin d'œil.

Voilà enfin un bon moment au refuge ! Mais il est de courte durée : un homme en costume vient d'entrer dans le hall. Pas le genre à chercher un mignon chaton…

— C'est le maire, marmonne Isabelle.

— Monsieur Perrot, qu'est-ce qui nous vaut cet honneur ! lance Virginie, sans grande conviction.

— J'ai appris par des habitants que vos chats sont porteurs d'un virus ! J'exige que vous évacuiez au plus vite tous ces animaux malades. Je n'ai aucune envie que ma ville se retrouve confinée à cause d'eux !

Il est sérieux ? Le visage de Virginie se ferme aussitôt.

— Ce sont des chats, pas des pangolins ! s'énerve-t-elle. Et on n'a pas encore les résultats d'analyse.

Puis elle peste entre ses dents contre ce maudit vétérinaire qui n'a pas su tenir sa langue.

Coup de chance, le coupable arrive. Et il commence par s'innocenter :

— Non, je n'ai rien dit ! se défend-il.

Qui a parlé alors ?

— J'ai reçu les résultats des analyses, poursuit-il. Les chats ont été empoisonnés. Ça n'est pas un virus, ça ne peut pas non plus être un accident. Qui vous veut du mal ?

— Tout le quartier, qui nous trouve trop bruyants ! lui répond Virginie, dépitée.

Qui a fait un coup pareil ? Le maire sort de son silence.

— Donc, pas de quarantaine ?

— Non, monsieur le maire, le rassure le vétérinaire. Ce refuge présente de très bonnes conditions d'hygiène, vous pouvez partir tranquille.

— Tant mieux ! Des habitants de la rue sont venus en mairie se plaindre du bruit, des odeurs, il ne nous manquerait plus qu'une maladie ! lâche-t-il avant de tourner les talons sans laisser personne répondre.

Archange sur l'épaule, Isabelle soupire :

— Pfff, maudits voisins !

— C'est vrai que certains sont de vrais emmerdeurs, mais d'autres sont très cool, nuance Solal. Ils sont venus aider à retrouver tous les animaux en fuite.

Il a raison… Depuis tout à l'heure, ça mouline à fond dans ma tête… J'ai un point à éclaircir. Il est temps d'agir.

— Est-ce que tout le monde peut venir dehors ? Je voudrais vous montrer un truc.

Passé la surprise, tout le monde me suit.

6. Qui nous prend pour des pigeons ?

Il me faut moins de deux minutes pour expliquer mon plan. Puis chacun retourne à ses activités.

Pour Philo, il s'agit d'ENFIN préparer le départ d'Anar ! Virginie ressort les documents déjà signés. Mon amie est heureuse, mais elle note le regard triste de Solal.

— Tu viendras le voir aussi souvent que tu veux chez moi, lui promet-elle.

La bouche de Solal se tord. Mais il est vite sorti de sa tristesse : un cri résonne au bout du couloir.

— Aaaahhhhhh, au secours !!!!!!!!!!

Isabelle sort en hurlant de la réserve, Archange bat des ailes à ses côtés. Elle reprend difficilement son souffle, son pigeon aussi, et nous livre son récit : elle vient de tomber nez à museau avec…

— Un serpent ! Un énorme serpent ! Un python ! Une vipère !

— Pff, soupire Solal. C'est juste un bébé cobra.

— Un bébé quoi ? s'étouffe Virginie.

Solal explique : il a dissimulé un bébé cobra dans un carton.

— Il est inoffensif ! se défend-il. Je l'apprivoise petit à petit.

— Tu crois qu'on a besoin de ça en ce moment ! s'énerve Virginie, en bonne directrice. Si quelqu'un apprend sa présence, le refuge devra fermer dans la minute.

Philo et moi courons vers la réserve pour voir le cobra ! Puis nous retournons dans l'entrée :

— C'est vrai qu'il a l'air gentil, j'annonce.

— Et puis les cobras sont une espèce méconnue, insiste Philo.

Et là, elle nous sort tout ce qu'elle sait sur cette espèce. Et vous connaissez mon amie… Elle n'a pas encore tout à fait fini quand, dix minutes plus tard, une voiture de police se gare à nouveau devant le refuge (bien, cette fois-ci), suivie par celle du maire.

— Le refuge abrite un animal dangereux ? demande M. Perrot directement.

— Qui raconte des choses pareilles ? rétorque Virginie.

— Ce n'est pas la question, répond le maire, gêné. Si vous ne nous remettez pas ce serpent tout de suite, nous reviendrons pour une fouille avec les autorisa…

La directrice interrompt le maire :

— On vous a dit qu'on abritait un serpent ? Je vous en prie, cherchez ! annonce-t-elle aux agents pris au dépourvu.

Les policiers s'engagent dans le couloir, vers la réserve. Comme par hasard ! Loin de mettre Virginie en colère, cette obstination la réjouit.

— Voilà tout ce qu'on a trouvé, annonce l'un d'eux, une minute plus tard.

Son collègue tient sur sa main un ver de terre. Un gros ver de terre, mais un ver de terre quand même.

— Fouillez toutes les pièces ! s'énerve le maire.

Virginie laisse les policiers chercher dans tout le refuge. Et ce n'est pas une partie de plaisir ! Surtout quand Julius le lama leur crache au visage.

— Il n'y a aucun serpent ici, lâche la directrice, un grand sourire vainqueur aux lèvres.

— Mais pourtant…

Pourtant quoi ? On ne le saura pas : pour cause ! Le maire ne peut pas reconnaître que quelqu'un (lui ?) nous espionne. Le trio repart, bredouille et vexé. Nous sortons aussi, et là seulement, l'équipe me félicite pour l'efficacité de mon plan : nous savons qu'il y a un espion, mais lui ne doit pas apprendre qu'il est repéré.

— Maintenant, il faut qu'on trouve le micro, j'annonce, tout rouge sous les compliments.

Nous rentrons dans le bâtiment et le fouillons à notre tour. Bingo ! Solal trouve un minuscule micro collé sous l'abat-jour d'une lampe.

Reste à savoir qui en veut à ce point au refuge… et pourquoi !

— Je n'ai pas d'ennemis connus, me confirme Virginie. L'équipe du refuge n'a jamais été incorrecte avec les gens qui viennent abandonner un animal.

— On est intervenus chez des gens car on nous avait signalé des animaux maltraités, lui rappelle Isabelle.

Cette piste est vite écartée : la famille incriminée a déménagé.

— On va utiliser le micro caché pour passer une fausse information à ceux qui nous écoutent, je murmure, pour ne pas être entendu par notre espion.

— Ça va être compliqué, commente Solal.

Il nous montre du doigt Dyson, un gros matou qui circule en liberté dans le refuge. Le chat se lèche les babines. Ce gourmand, baptisé ainsi parce qu'il avale tout ce qu'il croise, a mangé le micro que Solal avait posé sur le guichet.

— On vient de perdre notre preuve principale ! je m'écrie.

Isabelle affiche un sourire mi-gêné, mi-amusé.

— On peut la récupérer… dans quelques heures, si quelqu'un est prêt à …

La fin de sa phrase reste en suspens, mais nous avons tous compris… Sans surprise, il n'y a aucun volontaire pour fouiller les crottes de Dyson !

— J'abandonne, soupire Virginie. Je vais chercher un autre endroit pour le refuge. Loin du maire, des policiers, des voisins râleurs.

— On pourra accueillir des chevaux ! Ça sera super ! s'emballe Isabelle.

Elle s'y voit déjà. Philo et Solal restent muets. Je me perds dans mes pensées. Puis m'y retrouve !

— Et si c'était ça, l'objectif : faire partir le refuge ? je suggère.

— Mais pourquoi ? Qui peut détester les animaux à ce point ? s'effraie Philo.

Là, je lâche la fin de ma pensée :

— Et si les animaux n'étaient pas du tout au centre de cette affaire ?

7. Dans la gueule du loup...

La nouvelle se répand dans le quartier : le refuge va déménager. Trop de soucis ! Les râleurs sont ravis, mais de nombreux voisins s'en attristent auprès de Virginie : ils aimaient la compagnie des animaux dans le quartier.

— Ça me remonte le moral, reconnaît la directrice, mais ça ne règle pas les problèmes !

Ce samedi matin, Philo et moi sommes encore venus donner un coup de main, assistés par Anar.

Solal est heureux de revoir son compagnon de jeu. A-t-il accepté son adoption ? Nous n'avons pas le temps d'en parler : le maire débarque de nouveau ! À ses côtés se tient une femme perchée sur des talons hauts.

— Je vous présente Mme Prenlot, de la société Bativite. C'est l'entreprise qui a construit les immeubles de la rue.

— Nous nous proposons d'acheter le terrain du refuge, annonce cette Mme Prenlot d'une voix

faussement moelleuse. Notre offre vous permettra de vous installer ailleurs dans les meilleures conditions.

— Non, répond Virginie sans hésiter.

— Comment ça, non ? demandent d'une même voix l'élu et la femme d'affaires.

— Non, comme N, O et N. Je refuse que ce coin de verdure devienne un immeuble ou un parking.

Et là, devant nous, Mme Prenlot propose de multiplier son offre par deux. C'est plutôt la colère de Virginie qui redouble :

— Je vendrai quand les poules du refuge auront des dents !

La femme tourne ses hauts talons et part, furieuse. Le maire est déconcerté.

— Ça semblait une bonne solution, pourtant, déplore-t-il, avant de partir.

Virginie se mure dans le silence. Une fois le maire sorti, elle vient vers moi.

— Tu avais raison. Ce n'est pas le refuge le problème, mais son emplacement. Il y a de plus en plus d'immeubles dans le quartier, et tous construits par la même société.

— Et l'alarme ? L'empoisonnement des chats ? je demande.

— L'alarme est la même que celle installée dans les immeubles. Et les employés de cette entreprise de construction sont venus plusieurs fois ici, pour passer un câble, pour utiliser les toilettes, j'ai fini par ne plus faire attention. L'un d'eux a pu agir dans mon dos... Après tout, c'est bien eux qui ont percé la canalisation et coupé l'eau il y a quelques semaines.

C'est vrai, la première fois que nous sommes venus ici ! Cette piste tient la route, reste à trouver des preuves.

— Au moins, cette femme a compris que je ne vendrai pas, se réjouit Virginie.

Je n'en suis pas convaincu…

Solal non plus, c'est pour ça qu'il accepte sans hésiter la folle proposition que je fais, à Philo et lui. Mon amie refuse mais promet de ne pas nous dénoncer. Mieux encore, elle me servira d'alibi en prétendant que je dors chez elle. En effet, Solal et moi allons passer la nuit en douce dans le refuge…

En fin d'après-midi, comme tous les samedis, Solal et moi disons au revoir à l'équipe. Seulement cette fois, nous nous cachons dans la grande poubelle. ÇA PUE ! Mais nous ne sortirons qu'une fois Virginie et Isabelle parties. La société Bativite va forcément chercher à nuire

à Virginie après son refus de vendre. Il devient urgent de les prendre en flagrant délit. Reste à savoir comment ils vont frapper, cette fois…

Promis, on n'a pas bougé ! On s'est même endormis, je crois. Alors, pourquoi tous les animaux pleurent et s'agitent ainsi ?

Solal ouvre doucement le couvercle de la poubelle. Au fond du couloir, une lueur rouge incandescente attire tout de suite nos regards. Le refuge brûle !

Il n'y a pas une minute à perdre ! Nous bondissons hors de la poubelle et ouvrons la porte : le hall est en feu. Vite, il faut éteindre les flammes ! Il faut sauver les animaux ! Il faut prévenir les pompiers ! On ne sait plus où donner de la tête. Solal appelle le 18, je trouve un extincteur, mais je n'arrive pas à l'utiliser. La peur me fige… Solal me prend l'engin des mains.

— Libère les animaux ! hurle-t-il pour que je l'entende dans ce brouhaha.

Je sors de ma stupeur et fonce vers les box et la chatterie. Tous les animaux sont maintenant sortis, je supplie Solal de nous rejoindre dehors. Le feu lèche les murs. Il accepte de me suivre. Mais que font les pompiers ?

— Leur camion est bloqué au début de la rue ! Un poteau est tombé sur la chaussée dans la soirée, il avait pris un coup de grue, nous annonce un voisin.

Comme lui, ils sont nombreux à être venus en renfort.

Enfin, les soldats du feu réussissent à amener une lance à eau jusqu'au refuge et maîtrisent l'incendie. Virginie et Isabelle viennent d'arriver sur place.

— Qu'est-ce que vous fichez là ? nous demande la directrice, suspicieuse.

Pas le moment de lui mentir : on lui balance notre plan, on raconte notre réveil.

— Vous auriez pu mourir ! s'exclame-t-elle en nous serrant fort contre elle.

À cet instant, le capitaine des pompiers nous rejoint :

— Le feu est maîtrisé. Apparemment, aucun corps calciné à l'intérieur. Ces deux-là ont sauvé tous les animaux.

Il rejoint la voiture de police qui vient de se garer (mal, mais cette fois on ne dira rien) sur le parking. On les voit discuter, impossible de savoir ce qu'ils se disent. Puis un policier se dirige vers notre groupe.

— Madame, je peux vous parler… en privé ? demande-t-il à Virginie.

— Je n'ai pas de secrets pour ces deux jeunes qui viennent de sauver tous mes animaux, réplique-t-elle, et l'homme n'insiste pas.

— L'incendie est d'origine criminelle. Les pompiers ont trouvé des traces d'accélérateur de flammes.

Ça alors ! À ce moment-là, Isabelle hurle :

— Dyson, il ne respire plus !

Elle tient le chat inerte dans les bras. Un pompier se précipite vers eux et tente de le réanimer… Il le masse. Nous sommes tous suspendus à ses gestes. Enfin, Dyson se redresse ! Virginie raconte alors au policier sa dispute avec la dame de la société immobilière. Le maire arrive à son tour : il est sidéré.

Se serait-il fait complètement manipuler par la société Bativite ? L'enquête devra le prouver, je laisse ça à mes confrères policiers ! En attendant, M. Perrot se démène comme un diable et multiplie les coups de fil pour venir en aide au refuge. Lui-même va héberger Julius le lama dans son jardin. De nombreux voisins se portent aussi volontaires pour accueillir des animaux.

— Finalement, il y a plus de gens sympas que de râleurs dans ce quartier ! commente Isabelle.

— Tu sais quoi ? Ça peut être les mêmes ! sourit Virginie. Ils râlaient quand on les ennuyait, et nous ont aidés quand on a eu des soucis. Ils ont compris qu'on n'y était pour rien.

Épilogue : Le meilleur ami de l'Homme (et de la femme, OK, Philo !)

Moi, Anatole Bristol, détective d'école, j'ai encore plus envie de devenir un enquêteur : non seulement j'aime ça, mais il est important de ne pas laisser des gens comme cette Mme Prenlot mettre la vie d'animaux en péril pour des histoires d'argent !

Car oui, c'est bien la société Bativite qui a tout manigancé pour pousser Virginie à quitter le quartier. Perdu ! L'enquête des policiers a montré que le maire n'était au courant de rien. Solal et moi avons été entendus comme témoins. Waouh ! Quelle expérience ! On s'est quand même fait bien disputer pour notre nuit dans le refuge. On ne pouvait pas prévoir que tout allait brûler !

Le refuge va être reconstruit. Tout le conseil municipal a voté l'aide exceptionnelle. En attendant, tous les animaux profitent de leurs familles d'accueil. Mon petit doigt me dit que certains, une fois les travaux finis, ne retourneront pas au refuge.

Moi, Anatole-tout-court, je viens de mener une nouvelle mission, tout aussi importante… et tout aussi interdite ! Je vous raconte, mais vous ne dites rien ! Cet après-midi, Solal, Philo et moi, on a rendu visite au grand-père de Solal. Officiellement, son petit-fils sortait de sa séance de sport, c'est pour ça qu'il avait un gros sac avec lui. En réalité, le sac contenait Anar, que nous avons fait rentrer en cachette dans la maison de retraite. Vous n'allez pas me croire… mais c'était une idée de Philo ! Le grand-père de Solal était fou de joie de revoir son vieil Anar, mais il a aussi beaucoup apprécié mon amie.

— Il va être heureux avec toi, lui a-t-il dit, quand nous sommes partis, une heure plus tard.

Et cette fois, Solal a affiché un vrai, grand, beau sourire.

Là, j'ai vraiment compris pourquoi Solal avait freiné l'adoption d'Anar : il agissait par amour pour son grand-père. Il a déjà perdu sa grand-mère, c'est dur. Moi, je ne peux m'imaginer sans un de mes grands-parents…

Grâce à Solal et Isabelle, j'ai découvert ce qu'était l'engagement bénévole : consacrer du temps et de l'énergie pour une cause que l'on défend. Pas toujours rigolo… mais très chouette !

Note de l'autrice

J'ai la grande chance d'avoir grandi et de vivre encore aujourd'hui avec des chats et des chiens, chacun avec son caractère, ses petits défauts, et surtout ses grandes qualités. Les animaux nous offrent leur amitié et leur confiance sans jugement. À nous, humains, de nous en montrer dignes.

Ce n'est malheureusement pas toujours le cas, loin de là.

La SPA, Société Protectrice des Animaux, œuvre depuis 1 845 (oui !!!) à la défense des animaux, en recueillant ceux qui sont abandonnés, en organisant leur adoption, mais aussi en dénonçant les actes de maltraitance dont ils sont victimes.

Je suis très heureuse d'avoir mis en scène cette histoire d'Anatole au sein d'un refuge. Pour les besoins de l'enquête (et le plaisir du lecteur !), j'ai bien compliqué le quotidien des responsables et bénévoles, désolée ! Mais j'ai surtout eu un grand plaisir à montrer leur engagement.

L'accueil d'un animal est une décision qui ne se prend pas à la légère. Rien de tel que de pousser la porte d'un refuge de la SPA pour obtenir les conseils nécessaires et surtout rencontrer celui qui deviendra votre meilleur ami pour la vie.

Table des matières

Suis Anatole et Philo dans d'autres aventures !

LES ENQUÊTES D'ANATOLE BRISTOL

SOPHIE LAROCHE – CARINE HINDER
LES ENQUÊTES D'ANATOLE BRISTOL
LES SUPER POUVOIRS D'ANATOLE
AUZOU ÉCLAIR

SOPHIE LAROCHE – CARINE HINDER
LES ENQUÊTES D'ANATOLE BRISTOL
CARTON ROUGE POUR LUCA !
AUZOU ÉCLAIR

SOPHIE LAROCHE – CARINE HINDER
LES ENQUÊTES D'ANATOLE BRISTOL
MISSION COLLÈGE !
AUZOU ÉCLAIR

SOPHIE LAROCHE – CARINE HINDER
LES ENQUÊTES D'ANATOLE BRISTOL
PAS DE VACANCES POUR ANATOLE !
AUZOU ÉCLAIR

SOPHIE LAROCHE – CARINE HINDER
LES ENQUÊTES D'ANATOLE BRISTOL
ANATOLE CONTRE LA RUMEUR
Miss Parfaite
Super Détective
AUZOU ÉCLAIR

SOPHIE LAROCHE – CARINE HINDER
LES ENQUÊTES D'ANATOLE BRISTOL
Y A-T-IL UN JOURNALISTE DANS LA CLASSE ?
AU FIL DES PAGES
AUZOU ÉCLAIR

SOPHIE LAROCHE
LES ENQUÊTES D'ANATOLE BRISTOL
COMPLOT CONTRE LES CM2
AUZOU ÉCLAIR

SOPHIE LAROCHE
LES ENQUÊTES D'ANATOLE BRISTOL
CHIENS, CHATS ET SABOTAGES
AUZOU ÉCLAIR

DEVIENS LE HÉROS

avec Anatole Bristol

Fantôme, mensonges et riz au lait

Choisis ton histoire

ÉCLAIR
DES ROMANS COUPS DE FOUDRE !

Si cette aventure t'a plu,
n'hésite pas à nous **envoyer un message**
à l'adresse *clubromans@auzou.com*
pour nous dire ce que tu en as pensé,
et retrouve la **communauté romans**
et des contenus exclusifs sur *auzou.fr* !

•

Et toi, quel animal choisirais-tu
si tu pouvais en adopter un ?
Dessine ton animal et envoie-le-nous par mail
(clubromans@auzou.com) ou par courrier
(à l'adresse Auzou romans, 24-32 rue des
Amandiers, 75020 Paris).

Un petit mot de l'autrice et de l'illustratrice

Ne vous fiez pas aux apparences ! Même si je suis mariée et mère de trois enfants, je suis restée une grande enfant qui collectionne les peluches, adore le chocolat et les histoires pour enfants qui parlent d'amitié. Au point de m'être mise moi aussi à en raconter !

Sophie Laroche

Un peu d'humour, de poésie, de l'aventure, de la couleur (beaucoup !) et un crayon de bois : voilà la recette de cette sublime série qui m'a beaucoup touchée ! Dessiner les frimousses de ces talentueux détectives en herbe m'a beaucoup amusée, j'espère avoir transmis toute la joie de vivre de ces jeunes héros !

Carine Hinder (alias Mipou)